천년의 시 0052

눈물을 수선하다

천년의시 0052

눈물을 수선하다

1판 1쇄 펴낸날 2016년 1월 8일
지은이 김미희
펴낸이 이재무
책임편집 박찬세
디자인 이영은
펴낸곳 (주)천년의시작
등록번호 제301-2012-033호
등록일자 2006년 1월 10일
주소 (04618) 서울시 중구 동호로27길 30, 413호(묵정동, 대학문화원)
전화 02-723-8668
팩스 02-723-8630
홈페이지 www.poempoem.com
이메일 poemsijak@hanmail.net

ⓒ김미희, 2016, printed in Seoul, Korea

ISBN 978-89-6021-255-8 04810
　　　978-89-6021-105-6 04810(세트)

값 9,000원

눈물을 수선하다

김미희 시집

천년의 시작

시인의 말

바늘은
실 끝에 매듭을 물고서야
주먹 불끈 쥐고
비로소 맘 놓고 제 길을 가고

탯줄은 묶이면서
몸의 중심에 꽃망울 물고
청춘을 피운다지요.

보푸라기 그득한 나의 목숨줄에 첫 매듭을 지어봅니다.

2015년 마지막 밤에
김미희

차 례

시인의 말

1부

4부

해설

제1부

수선집 그녀 1

하루하루를
미싱 바늘로 찍어 넘기는 그녀
초침보다 천 배가 넘는 속도로 시간을 꿰매는 그녀
한 남자가 끌던 수레의 손잡이를 건네받으며
온몸을 녹여 울던 그녀
재봉틀도 숨을 멈추고
흔들리는 그녀의 등만 바라보았다

이젠
상처 때문에 찾아든 옷가지들
기워주고 털어주며 스스로를 꿰매고
길어진 상념은 거침없는 가위질로 잘라
구겨진 마음과 함께 퍽퍽 스팀다리미로 펼쳐내며
고른 이로 웃는 걸 잊지 않는다

오늘도 누군가의 힘 빠진 외투에
잔뜩 기운을 불어넣어
억새꽃들로 깃을 세운 하루를 손질해놓고
푸석푸석 어둠이 내리는 골목길을 향해
발틀을 밟아대기 시작한다

수선집 그녀 2

부러진 바늘을 갈아 끼우면서도
꽉 쥐고 있던 나사를 풀면서도
뜯어낸 실 터럭 같은 머리카락을 쓸어 모으고 있을 그녀

부러진다는 건 흔들릴 줄 몰라서라고
하찮은 것에도 힘이 들어가서라고
벌을 서듯 너무 꼿꼿해서라고
귀인지 입인지도 모르면서도
뾰족한 바늘 끝, 그 숨구멍에 마른침 발라 실 끝을 밀어
넣으며
들숨과 날숨을 발끝으로 조절하던 그녀

휘어서는 한 걸음도 갈 수 없다고
날을 세워야만 산다고
혈관을 뽑듯 실을 뽑아 올리며 손끝으로 말하는,
가끔은 매듭을 만나
바늘구멍을 뚫지 못한 부러진 바늘로 보인다 해도
다시 꽂혀 싱싱하게 돌아가는 수선집에는
항상 그녀가 있다

수선집 그녀 3

젠장 좀 넓게 누빈 게 어떻다고
총총 누벼놓은 낡은 청바지를 억지로 뜯고 있다
튼튼한 곳을 뜯을 때는 잘 드는 면도날이 제격인데
닳아서 자꾸 터를 넓혀가는 상처를 달래느라
쪽가위로 한 땀씩 끊은 실낱을 뽑아내고 있다

스물네 살에 몇 개월 살림을 꾸리고
반벙어리로 살다가
우체통으로 날아든 이혼장을 들고
본래의 성을 찾을 때는
한 번 통곡으로 뜯어냈을, 그거면 족했으리라

그 뒤 이십여 년
구멍 난 날에 천막이 되고
미어진 곳을 누벼주던 그, 그마저 떠난 지 몇 년
이젠 속살 다 비춰도록 얇아져서
더는 누빌 수도, 누벼줄 사람도 없는 마음
누빈 실이 닳을까
누빈 곳이 터질세라 다독이고 있다

수선집 그녀 4

늘어난 고무줄 바지 허리를 푼다
지나온 세월이 비듬처럼 부서져 내린다
헐거워졌다

낯선 공항 화장실에서
배꼽 위에 고무줄로 묶은 전대를 풀어
남자에게 건네준 그 밤부터
그녀의 심장은 느슨해졌다

이건 절대로 혼자만 알아라
힘들면 돌아오라던 어머니의 목소리가 희미해질 때서야
사랑이나 인생도 그런 거란 걸
쥘 줄 몰라 당겼다 놓았다 하는 심장은
결국 느슨해지고 만다는 것을 알았다

헐거워진 실핏줄을 갈아주면
심장 소리 쿵쿵 울리며
진짜 사랑 하나 오지게 움켜쥐고
끊어질 때까지 마음 늘리며 살아볼 수 있을까
갈아 끼운 탄탄해진 허리를 늘려본다

수선집 그녀 5

그녀는 딸 부잣집 둘째로 태어나 오 학년 때 이모네 애 보기로 보내졌다가 삼 년 뒤 동대문 어느 골목 바느질집 시다가 되고부터는 믿을 것은 재봉 대가리뿐이어서 발 뻗을 곳은 발틀 위뿐이라 여기며 세월만 돌렸네

사파이어 두 눈 반짝이던 한 사내의 "이뻐요"라는 말에 둥둥 떠서 구름처럼 태평양을 건넜는데 맑은 하늘을 품고 있을 두 눈은 알아들을 수 없는 악다구니와 구둣발이 되어 그녀의 가슴 한복판에 사금파리로 박혔네

잘못 들어선 길 뜯어내고 다시 박고 구겨진 언저리 다려 날을 세워도 주저앉고 터지고 헐기만 해 이거다 싶어 당기면 엉키기 일쑤여서 붙잡을 변변한 줄 하나 없지만 혼자서라도 실을 잡은 바늘처럼 매듭만 잘 지면 시작도 끝도 있으리라 믿었네

피가 마른다는 건, 기가 막힌다는 건, 결국 몸에 붙은 털마저 다 털리고 마는 것, 북은 딱 쉰석 자 길이의 한만 감겼다가 다 토해냈으니 가난은 더 이상 바닥도 없는 것이라고 맨 땅에 몸 눕히고 말았네

수선집 그녀 6

그녀의 수선집엔 별들이 가득하네
별천지네
가끔 부르르 떨다 숨 고르는 형광등 아래
별스럽지 않은 이민 보따리에 숨겨온
별 쏟아지던 우스개 풀어놓고
그 달밤의 복사꽃처럼 금이빨 은이빨 반짝이다가
뿔테 안경 밑으로 별똥별 주르르 떨어졌네

숱한 밤이 뜬눈으로 눈부시게 매달려도
가난은 실밥처럼 들러붙어 떨어지지 않네
별천지에 둥지를 틀고도
그저 할 줄 아는 건 일밖에 없었네
고사리손까지 합세해 실밥을 따던
실밥이 주식이었던 세월
꿈도 욕망도 풋것 그대로
재봉틀에 박혀 사라지고 말았네

메이드 인 차이나, 바다 건너온
목젖까지 치솟았던 차이나 칼라를 뜯어내고
시원하게 가슴을 파낸 웨딩드레스 위에

보고 싶은 얼굴 돌아가고 싶은 시간만큼
온갖 별들 촘촘히 달아보네

손톱 밑이 짓물러 실밥 당길 때마다 별이 뜨는
별을 다는 밤
내 속 별들은 시리기만 한지 모르겠네

오늘도

새벽 2시.
겨울비는 오고, 하루를 걸어 잠그고
자동차의 시동을 건다
재봉틀 앞 벽에 붙어 왼종일 웃으며 눈을 맞추던
아이들의 숨소리가 그리워 달리기 시작한다

헤드라이트 속으로 스며드는 빗줄기
주저앉으려는 눈꺼풀을 억지로 추켜올리며
바닥을 핥는 등잔의 심지처럼 필사적으로
구겨지려는 등뼈를 한 손으로 지탱하며
재봉틀 소리처럼
따갑게 퍼붓는 빗줄기 자르며 달려간다
낮 동안 채이며 구겨진 몸뚱어리 뉠 곳으로

더러는 좋은 날도 있었지만
그저 타고난 손금대로 살고 싶지 않아
버둥대며 살아온 오늘들
뽑힌 잡초처럼 시든 가슴에도
어느 날 향기로운 바람이 불고
촉촉한 단비가 내리면

몇 송이 꽃은 피우고 가겠지
무슨 색이면 어떠한가

잠든 불빛에도
아이들의 푸른 꿈이 웃으며 반겨준다

칼갈이 스다께 씨

이민 오십 년을 지내오는 동안
칼날을 세우며 살고 있는 스다께 씨
연장궤 위에 숫돌을 올려놓고
무디어진 가위 쌍날에 진검승부를 건다

육전陸戰의 뒷골목을 쓸고 온 이 빠진 날
온갖 풍문으로 서슬 퍼래진 날
헛된 욕망으로 탕진한 날
젊은 날, 그 날들을 갈아
절제된 손놀림으로 세워지는 서슬
한 치의 오차도 허락되지 않게 날을 핥는
검은 테 속의 매서운 눈은 언제나 시리다

무딘 것이 날을 세우는 일은
누군가를 다스리겠다는 것 아닌가
속내에 갈아둔 날 행여 열릴라
아예 입 꽉 다물고
쌍날 세우는 소리로 만족해야 하는 침묵

이 날도 세운 한 날로

일상의 자투리 한쪽 받아 쥐며

굽신 절을 남기면 어떠랴

승부는 언제나 스다께 씨 손을 들어주고 있으니

끌린다는 거

한쪽 다리가 너덜거리는 바짓단을 푼다
때 절고 굳어 있다

이끌려 망가질 수밖에
한 번도 앞서보지 못했을
한숨과 후회가 따라다닌 아픈 쏠림이다
거추장스러운 몸짓이다

끌린다는 건 짧아서이다, 부족해서다
아니다 절어서이다
소금물에 배추가 절어가듯
기우뚱 몸이 흔들린다는 것
가끔 맨주먹에만 힘이 들어간다는 것
멋쩍은 웃음이 헤프게 보인다는 거다

헤진 한쪽 단을 자를 때마다
그의 틈새에 내 발목이 빠져
하루를 제자리에 머물고 만다

신발 수선집 그 남자

부채꼴 모양의 뒷문 없는 성
그는 등 돌리고 앉아 신발 굽을 뜯고 있다
잉카제국의 후예답게
허물어진 한 부족의 신을 일으키고 있다

밑창까지 내주고도 중심은 잃지 않으려 뒤축을 채운 나이테
삶의 궤적을 보며 떠올리리라
몇 겹의 국경을 넘어오던
고무 탄내 나던 그 밤을 기어코 찾고 말리라

거친 숨을 삼키며 떠올렸을 전사들의 말발굽 소리를
어디서든 삼천 개의 계단만 오르면
마추픽추 성에 닿으리라고 믿었던
들키고 싶지 않은 속내를 끌어안고
홀로 견뎌야 했을 허기진 수많은 밤을
기도하듯 지문도 없는 손으로 본드를 바르고 구두약을 바
르고
가끔은 테킬라로 삭혀 낸 침을 뱉어 공들여 광을 낸다
밑바닥에서, 가장 낮은 곳에서 힘을 실어줄 길이 되어줄
신을 위하여

수선집 그 남자 1

수지침 가득 꽂은 팔찌 차고 날을 세운 초크를 들어야 제격이고 들어서는 고객은 언제나 최상의 귀족녀요 미녀인지라 "아이 캔 두 잇 맴, I can do it" 하며 좌우명을 흔들어야 격에 맞는 오리엔탈 속도 없는 친근한 아저씨가 된다고

등허리 깊숙이 파진 드레스를 걸친 고귀하신 고객녀를 거울 앞에 세워놓고 무릎 꺾어 앉은키에 붉어지는 얼굴로 송구스럽다는 억양까지 발라가며 "턴 turn, 턴, 맴"을 거듭하며 요리조리 치렁치렁한 단을 들췄다 내렸다 하며 재는 것이라고

원래 자르는 거라고는 사과나무 배나무 전지하는 게 고작이었고 줄이라는 건 못줄 따라 벼 포기 꽂는 모내기가 다인 줄 알았지만 군불 때던 아궁이 앞에 꽃님이 얼굴 펴놓고 늘타다 말고 타다 마는 부지깽이 끝으로 눈썹 그리는 것까지는 대견했던 일이었는데 늘어진 러닝셔츠 태평양에 벗어던지고 빳빳하게 풀 먹인 셔츠에 남들 다 풀어헤쳐버린 넥타이로 느지막한 불혹의 나이 목을 매듯 조아놓고 눈금 빼꼼한 줄자 한 겹 목에 걸었다 뺐다 하며 재고 긋고 자르고 발틀 밟아 한나절은 달려야 홀랑 벗은 그녀의 "허물 찾았다!" 마치 심이라도

봤다는 산울림 흉내로 옷걸이에 건다는 사실이 현실인지라

    손님 눈만 마주쳐도 쿵쿵거리던 심장은 오바로크 해버린 지 이미 오래전이라 뭐가 좋은지 뭐가 안 좋은 것인지도 상관없이 좋은 게 좋다는 것만 기억하기로 해서 큰 다행이라며 수지침 잔뜩 박은 팔찌를 벗어 들며 창밖에서 기웃거리는 석양볕을 대하는 그라

수선집 그 남자 2

해가 뜨면 그늘지는 돌아앉은 상가 맨 끝자리는 고장 난 것들의 재생소

두꺼운 뿔테 안경처럼 콧등에 앉은 것들은 기름밥만 먹어 자꾸 미끄럼질을 하지만 평생 실밥으로 살고 있는 김 씨는 낡고 헌 세월은 버려지기 일쑤라 천을 덧대고 누벼줘야 하고 너무 길게 끌려 짓무른 인연은 뒤탈 나기 일쑤라 맞춰 잘라내야 하고 헐거워진 모퉁이는 틈 보이지 않게 해야 한다며 탄탄한 박음질하고 때 지난 줄 모르고 여전히 힘 퉁기고 있는 어깨 뽕 빼내고 사정없이 주저앉혀 뜨거운 다리미로 힘주어 누르고 나면 오늘도 하루의 노동 빵빵하게 주머니 채워준다

일미칠근이라, 주문을 외며 셔터를 내린다 그는

수선집 그 남자 3

비록 흑싸리 인생이지만 피박은 쓰지 말자고 남의 패 읽
어봤자 흑싸리는 흑싸리일 터 진즉에 무릎 꿇고 앉아 가늠한
곳에 핀 꽂아놓고 묵은 실밥 뜯어내 자로 재고 백묵으로 그
어놓은 길 요리조리 따라 새 실밥 박아주는 것이 면피하는
길 아니냐고

곧이곧대로 깜깜한 천정에 바늘구멍 촘촘하게 뚫어 그만
한 빛 쏟아내면 세상에 있는 흑싸리 이파리 검정 깨알만큼 뿌
려 있는 허방에 접붙어 천지가 합일하는 거 맞는 일이라며 위
아래 입술 굳게 닫아 오바로크로 걸어 박고 꾹꾹 뜨거운 인두
로 눌러놔야 만화방창萬化方暢 느긋하게 향 흔들며 주인 만나
면 그 주인 팔공산 둥근 웃음 한 장에 피 한 장 덤 해 넌지시
건너오는 것이 광땡 아니냐고 지구 몇 바퀴 돌아볼 양 제자리
붙박아 달려라 삼천리 오늘도 밟아대며

편법 같은 법 없이도 산다, 잘못 접어들면 뜯어내고 다시
박으면 되는 것이라 곁길은 재단 대에 누인 모처럼의 꿀잠 굴
러 떨어뜨리는 일이라며 눈썹 하나 깜짝 않고 자기 패는 자기
하는 것에 달린 것이라며 똑같은 먼지 뱉어내며 오늘도 똑같
은 숨 고르고 있다

수선집 그 남자 4

세월을 훑고 온 사연들, 뿌리내리지 못한 희망들을 읽어내
는 게 그의 일이라고 그만큼 잘 알아맞히는 이 없다고 복채
두둑하게 챙겨 들고 찾아온 손님들 세워놓고 들고 들어온 풀
이 죽은 노역에 지친 무리를 꼼꼼히 챙겨보며 이곳은 잘라내
야 하고 여기서 저기까지는 좀 더 이어줘야 길이 열려 숨통
이 트인다고 점괘에 따라 핀도 꽂고 초크로 그어대며 세상엔
흠 없는 것 없다고 잘만 보듬으면 모름지기 백 년 지기 된다
고 너스레를 떠는 그

잠시 숨을 돌리며, 다시 매무새를 갖추기 위해 차례를 기
다리고 있는 지친 허깨비들 쩐 내 나는 숨소리 속까지 들여다
보며 비장함을 세워야 제자리로 돌아간다며 탁탁 시접에 끼
인 이팝까지 털어주며 정신 차리지 못하면 살아남을 수 없는
게 이민자의 삶이라고 '메이드 인 유에스에이'가 아니면 '메
이드 인 이태리'도 소용없다고 침 튀기며 열변을 토하는 그

거친 바람을 헤쳐온 겉포장들, 포장은 찢기기 위해 존재한
다지만 쉽게 버리지는 말라고 그 어느 생도 만만한 건 없다
고 한때는 누군가의 자존이 된 적 있다고, 어깨 위에 깃이 되
어준 적도 있다고 바늘구멍 선명한 인생이야말로 불타오르는

삶을 산 흔적이라고 보푸라기 일고 미어진 것이야말로 부대
끼며 살아온 발자국 아니냐고 힘주어 발틀을 밟는 그

수선집 그 남자 5

들들들 무전을 때린다. 헤드폰을 뒤집어쓰고 이 미싱 저 미싱을 건너다니며 쭉, 쭈우욱, 길거나 짧거나 넓거나 좁게 그들에 맞아떨어질 소원을 위해 암호를 근다. 가끔 일어나기 시작하는 짹짹거리는 참새 떼의 주파교란은 아직 고개 한번 갸웃하면 해독이 되는 신기, 이러저러 이어줄 길은 있는 것이다

삼십 세월, 물러설 줄 몰라 굳어진 암호는 손끝에 달라붙어 있는 그의 신기다. 요리조리 잘라내고 드르륵 박아내고 또닥또닥 허튼 실밥 다듬어주면 두 다리가 쑤욱, 히프는 탱탱, 허리를 조여 맨 달라스의 유명 여가 또각또각 걸어나간다. 사람들이 몰려간다. 어깨 넓적한 사내가 싱글벙글거리며 에스코트를 하기 때문이어선지 사람들은 아직 박수를 몰아준다

몰라줘도 좋다. 그것이 그의 손재주였다는 것을. 덕분에 그는 제자리를 지켜 내일을 위한 암호를 만들어낼 수 있는 하루를 접어 삼십일 년을 향한 판도라의 몸을 불리는 일이라 행복 같아 보이는 기지개를 켠다. 발신 암호 그 한 가닥 실낱의 시작 그 끄트머리를 잡아당기며 지금껏 빙글빙글 실타래를 키우고 앉아 있는 그의 수신자의 얼굴이 떠오른다. 먼지

뿐인 좁은 조타실을 나서면 암호는 더욱 탄탄하게 그를 당겨
대는 희망. "가고 있다. 오버!"

제2부

가위
—동행 1

질척이는 갯벌을 건너가듯 지친 너의 걸음, 무뎌진 날이 발길을 잡는구나. 거친 숨소리가 너의 지나간 자리에 상처로 남아 있다

네가 있어 참 좋았다. 쥐락펴락 나의 손아귀에 네가 놀아났다고 행여 노여워 마라. 쓸 것 못 쓸 것 가려내는 것은 네가 전문이다

가위바위보를 할 줄 몰라 가위만 끼고 산 내게 너는 손이었다. 곁눈질 못 하는 삶을 놓고 불화할 때는 가끔 너를 내동댕이쳤지만 너의 가슴에 박힌 중심이 내 양다리까지 잡아주어 견디었다

비좁은 재단대 위에서 인생을 마름질하며 부질없는 인연에 끌려갈 때 늘어지는 상념을 잘라주어 나의 길이 쉬 누벼지게 해주었다

못이 박힌 내 엄지손가락을 보니 너를 많이도 부려 살림을 꾸렸구나

네 손에 내 인생을 얹어 밥을 먹고 살았구나

쪽가위
—동행 2

아야!
그만 손끝을 베이고 말았다
딱 벌어진 모양이 쪽 가위다
제가 무슨 가위라고
저도 가위라고 남의 손안에서
겨우 엄지 검지 빌어 힘을 쓰는 게
틈만 보이면 자른다
손을 떼면 튕기며 심통 부리는
저 벌어진 입이
영락없이 심사 뒤틀린 내 꼬락서니다
새 부리같이 뾰족한 끝이
그의 머리에 한 번, 손바닥에 한 번
박혔다가 땅에 처박힌 적이 있다
몇 땀의 박음질로 솟구치던 선혈은 멎었지만
냉기가 흐르고 있을 그의 가슴처럼
식식거리며 두 눈 부릅뜨고 있다

꼴에 마누라라고, 어미라고
잘라야 직성이 풀리는 내 입, 쪽가위

바늘
— 동행 3

곧은 성품을 가졌다 한들
혼자서 무엇을 하겠는가
가는 곳 닫는 곳마다 허당인 걸
재겨 딛고 세상을 향해 삿대질한들
잡아주는 끈이 없는 걸
그러지 말고 이왕 뚫린 귀
깊게 숨 한 번 내뱉고
세상 소리 들어보게
혹 아는가
가느다란 실오리로라도
한 땀 한 땀 가다 보면
세상을 채우고도 남을지
아름다운 흔적이 업적이 될지
바늘아
제아무리 귀하고 고운 실타래라도
네 몸에 들어올 땐
참빗에 머리 빗고 참한 모습으로 오질 않던가

하늘 바느질
―동행 4

발틀 하나에 몸을 실었다
점자책을 읽듯 손끝으로 호흡을 조절하며
구부러져 숨어 있는 길도
풍경까지 끌고 오는 곧고 낯익은 길도
두고 온 것이 없나 뒤돌아보며 걸음을 재야 한다

혼자서는 뗄 수 없는 걸음
바늘과 북이 팽팽하게 맞설 때에도
잡은 줄을 놓으면 안 된다

시력을 맞추듯
조였다 풀었다 조시를 맞추는
발틀 위에 얹힌 곧은 심지 하나
마음의 색실을 감은 얼레를 풀어가며
하늘에 방패연을 누빈다

명줄
— 동행 5

재봉틀이 큰 소리를 내는 것은
그 안에 북집이 있어서다
그 심장 하나가
맞는 색으로, 두께로
명주실을 뽑듯 명줄을 뽑으며
늘 돌아주고 있기 때문이다

내 목소리가 아직 높은음자리인 것도
너라는 심장 하나가
내 명줄을 그러쥐고 있기 때문이다

다리미 보일러
—동행 6

재단대 한 모퉁이에 가부좌를 틀고
정수리엔 나팔꽃 닮은 입 하나
온몸에서 뻗어 나온 신경들은 세상과의 통로
천장에 결박당한 채 흔들거리는 팔

보따리에 실려온 사연들
생각에 잠긴 척 듣노라면
어디선가 들려오는 못다 부른 노래
빈 가슴에 서늘한 물줄기 부어지고
스위치가 올려지면 온몸으로 흐르는 전류
불살라지는 번뇌
마침내 토해내는 거친 숨

그래, 이제 주름을 펴는 시간이다
구겨진 마음도 찢긴 상처도
넓적한 손바닥에 새겨진 세월의 무게로
네 상처를 펴주리
지나간 자리마다
다시 만나는 씨줄과 날줄

숨 고를 틈도 없이

단내가 나도록 달려온 외길
두 아이를 키워내고
한집안을 먹여 살린 공으로 받은 녹슨 훈장
긴장을 접은 헐렁해진 시간이 되어
뜨겁게 달구었던 몸통을 식히며
어깨에 진 짐을 내려놓는다

부엌 한구석에 자리 잡고 앉아
허기진 배를 채워주는 네모난 밥솥처럼
구속이란 이름이 부담스럽지 않고
희생이라는 이름이
희망처럼 들렸던 기쁨의 세월

나로 인해 곧게 펴진 마음
내가 다려온 것은
단지 천 조각의 주름이 아니라
거친 세월의 주름을 펴는 숙명이었기에
기침 소리 깊어지고
손바닥에 지문이 없어졌어도
울컥 솟는 눈물이
슬프지만은 않은 것이다

자
―동행 7

사람의 속내를 읽어내는 자가 있다면
바짓단을 재듯
짧은 떨림의 길이도
긴 한숨의 깊이도
눈물의 폭도
시련의 넓이도

그런 자 하나 있다면 내가 품고 살고 싶다
평생 재지 않고 살고 싶다

갈치의 꿈Tailoring chalk
―동행 8

재단대 위의 선장은 초크다
푸른 대양에서 물살 가르는 은갈치의 본능이 있어서다
은갈치의 중간 토막, 비록
그물에 걸려
뼈 발린 몸뚱이 한 토막 신세지만
당찬 지느러미의 꿈은 그대로다
생과 사의 갈림길을 제대로 알기에
삶의 구 할을 오로지 날 선 직선만 그린다
한때 자유였을 뭉뚝해진 지느러미에 날을 세우며
낯선 이의 바짓단에 짧은 꿈을 그어본다
가끔 암초에 부딪혀 조각나기도
날카로운 잣대에 살이 패여도
뜨겁게 훑고 지나가는 다리미 시선에
그은 꿈 녹아내려 눈물 자국만 선명해도
짧고 가는 선 이어
지리한 지평선 지나 수평선 문턱까지
몸이 다 닳도록 헤엄치며 물때를 기다린다
갈매기 울음소리 그득한 서해로 가는

재봉틀
— 동행 9

더는 못 가겠다 맥을 놓는다
뱉어내지 못한 어둠이
실타래 되어 똬리를 틀었다
얼마나 가슴을 졸였는지
말라붙은 심지
결혼 서약처럼 윗실 북실 한마음 되어
매듭부터 짓고 달려야 했던 길
한눈 한번 팔지 않고 살았다
외눈에 다리 하나로 헤쳐가는 길
허튼 한 땀도 용서치 않았다
어디든 가는 길에 표식을 남겨야 했기에
둘이서 보폭을 맞추며 눈치껏 처신했다
한마음을 품는다는 건
때론 소풍 가듯
가벼운 마음으로 지나온 길도 있었지만
발 디디고 싶지 않았던 길도 외면하지 못한다
팽팽하게 시력을 맞출 때도
억지로 떼는 발걸음에도
엉킨 매듭을 풀어내고 다시 가야 했다
매듭 짓는 그 순간까지
그러니 숨소리가 그리 그악스러울밖에

정

— 동행 10

더운 가슴에 얼룩만 남기고 익사해버리는 거

재단대 모퉁이의 초크
차갑고 냉철한 쇠 자들, 가위 옆에
뼈대도 없이 가장 낮은 자세로 엎드려 있다가
온몸에 날을 세워 선을 그어보지만
대책 없이 스스로만 작아지고 마는

더운 눈길, 훑고 지나가는 입김에도
마음 다 내어주고 가슴 졸이다
여린 살갗까지 바닥에 스며
결국 숨을 놓고 마는

정이란 건 빠지는 것
스스로는 없고 눈물 자국으로만 있는 것
녹은 심장 추슬러본 사람만 아는
배냇병

쇠 심장
— 동행 11

그대 가장 깊숙한 곳에
쇠 집을 짓고
세상에서 제일 작고 튼튼한
방 하나 들여
그대 손길 그리우면
슬쩍 실을 당겨 투정도 부리는
북이 되어
외기둥에 기대서서
한 번도
헛바퀴 돌리지 않고
딴생각 품지 않고
방은 절대로 비우지 않는
그대의 쇠 심장으로 살고 싶다

버려진다는 것
―동행 12

수선집 선반 위에는
신들이 앉아 있다
가던 길
마저 가려는 듯
가게 문이 열릴 때마다
잘 포장된 몸을
본능적으로 들썩인다

늘
함께였던, 둘이었던 신
신들은 안다
멈춘다는 것은
한순간에 내려놓는 것
갈 데까지 다 갔다고 믿는 것

버려진, 번지 없는 신들을 정리하다가
이정표 없는 길에 남기고 온 인연을 생각한다
밀봉된 시간을 가르고 들려오는 신들의 노래

버린다는 건
버려졌다는 것

단추를 달다가

―동행 13

상자를 뒤적인다
아무리 찾아도 수많은 단추 속에
맞는 것이 없다

딱 이라고, 너만 있으면 된다고
엄마를 넘어가게 하고
스물여섯에 첫 단추를 끼웠다

신혼에는 새 옷처럼,
첫날밤처럼 잘 맞았다
화룡점정畵龍點睛, 두 아이도 생겼다

참 잘 맞는다 하였지만
그 틈으로도 세월은 들락거려
작은 바람에도 자주 풀리던 앞섶

그땐 몰랐다. 헐거워진 구멍은
한 땀 꿰매주면 그만인 것을
송두리째 뜯어버리려 안달이었으니

안 맞는다고, 맞추어보라고
통밤을 지세며 가슴 지지던 날들
서랍 속에 누렇게 뜬 이혼 서류

이젠 예의상 가끔 채워보는
닳고 흠 많아도 익숙해진 단추
옷의 무게중심은 단추다

오래되었다는 것

—동행 14

두 세대는 족히
건너온 듯한 단춧구멍 미싱에
고분에서 막 나온 뼈를 다루듯
단추 크기를 맞춘다

새로 만든 셔츠에 구멍을 뚫는다
떠날 땐 제대로 제 보폭대로 가지만
돌아올 때는 한참이나 부족한 땀 수
풀어내고 달래듯 다시 발틀을 밟아본다
오다 말고 기어이 끝을 보고 만다

상형문자라도 발굴하라는 듯
그 비밀이라도 풀어내야 한다는 듯
낙인을 찍듯
열쇠 구멍만 남겨놓고
숨소리만 요란하다
빳빳하게 서야 하는 앞섶이 풀이 죽어간다

오래된 엘피판처럼 뚝뚝 씹히는 문자
말랑거리던 말들이 묵묵히 화석이 되어가는지

언저리만 돌다가는 무심한 대답

오래되었다는 건 견뎌냈다는 것
견뎌냈다는 건 무뎌졌다는 것
무뎌졌다는 건 삼켜왔다는 것이다

그대에게 가는 길은 언제나 초행 같다

구부러진 힘
— 동행 15

끌고 가는 힘과 살짝 뜨는 재주
이것이 구부러진 바늘의 힘이다

치맛단을 친다는 건
보이지 않는 마무리다

구부정한 등줄기로
눈치껏 색깔 맞춰
삼십 년 세월을 박았다
닿을 듯 닿은 듯 발 디디며
잡은 듯 잡힐 듯 건너온 길
그 길이 울까 봐
올이 틀까 봐 다독이느라
반듯하게 접으면서 가느라
어느새
청춘까지 접고 말았다

안으로만 향해야 했던 바늘 끝
구부러진다는 것은

가슴에 붉은 노을 하나 키우는 일이다

제3부

소나무 자리

몇 년 전에 옮겨 심은 소나무
송홧가루 토해내며 달라스 땡볕에
무던히도 견딘다 싶었는데
언제부턴가 한쪽 가지 잎들이 말라
부서지기 시작하더니
껍질까지 몸통까지 말라버렸다

실한 목련꽃을 꿈꾼 것도
빛깔 좋은 석류를 원한 것도 아닌
그저 송진 냄새 가득한 솔방울 두어 개면
족했을 나무
송두리째 뽑혀 남은 자리 웅덩이로 남더니
빗물 따라 흘러든 온갖 그리움
넘실댄다

항해

오래된 사 층짜리 여관 지붕 위
하루 치의 순항을 나서기 전에 바람의 일정을 더듬는지
주파수를 맞추고 있는 사내가 움찔거린다

인력시장에서 뽑혀온 날품들이
바람의 조준을 피하여
경사진 갑판에 무릎을 박고 노를 젓기 시작한다
한 세기의 차고 음습한 바람을 담고 있던 옹관甕棺의 뚜껑
이 열린다
정박하지 못한 이들의 짠 내로 녹이 슨 지붕을 걷어내고
있다
제 등에 겹겹이 들러붙은 가난을 뜯어내고 있다

바람을 잡는다는 건 흔들릴 수밖에 없는 법
놉 일에 달구어진 팔로
바람의 가지를 쳐내며 순풍을 꿈꾸는 미생들
덫에 걸린 짐승이 되어
물러서지 않으리라고 바닥에 매달려 버텨보지만
아무 때나 몰아치는 아리고 매운 북풍으로

기울어진 땅에 내린 뿌리는 늘 한쪽 발이 시리다

가슴 깊이 담아온 아메리칸 드림은
제 늑골 어디쯤에서 풍화된 지 오래고
날이 저물기 전
불빛 찰랑대는 섬에 닿을 수 있을지

멸치

바싹 마른 멸치 똥을 떼어낸다
그 넓은 바다에서 누가 던진 그물에 걸렸기에
날 비린내를 끌어안고
꼼짝없이 이민 길에 올랐을까

그 어느 그물코에 꿰여 이곳까지 옮겨
머리도 창시도 다 버리고
끓는 냄비 속도 마다치 않고
잡것들과 섞여 온몸 흐무러지게 우려내지만
결국엔 버려지는 몸일 텐데

이끼 무성한 틈새라도 좋다
터를 잡아보려고
낮은 잡풀에도 몸을 낮춘 채
똥줄 타게 달렸다

허풍인 줄 알면서 은빛 비늘 부서져라 웃어줬다
믿기지 않지만 속아줬다
맨 프라이팬에 볶여 소주 안주가 되고서야
불빛도 없는 방에 들어
두 눈 부릅떠 팔딱이는 지느러미를 재운다

풀

꽃과 나무의 경계에서
수없이 뽑히고 잘리고 밟혀
너의 그 비릿한 가난이 비록
그 누군가의 풍요에는 미치지 못한다 해도
조용히 일어서는 너만의 세월
슬몃슬몃 세상의 눈치를 본다지만
결코 경박스럽지 않은 웃음
그 작은 숨소리에 맞추어
계절이 익어가는 줄도 모른 채
오늘도 맨발로 발가락에 힘주어
터를 넓혀가는 디아스포라
그 꿈의 집요를 본다

가죽 다리

방바닥에 다리가 구겨져 있다
다리는 빠져나갔지만, 여전히 달려갈 기세다

'Made in Italy' 근사한 명함 하나로
반들반들 진짜 가죽인 양
후진은 모르고 앞으로만 달렸던 잘 빠진 다리
조여 채웠던, 앙다물고 있던 지퍼를 열고 숨을 내쉬고 있다
볼기짝 미어지는 줄도 모르고 재고 온
출렁이는 살을 떠받치고 움켜쥔 채
온몸으로 밀고 온 하루를 주름으로 내려놓는다

신축성만이 살아남는 유일한 길이라고
살과의 경계를 허무는 일이라고 믿으며
꽉 조였던 마음
뒤집혀 벗겨진 순간에도 놓을 수 없는지 주춤거리고 있다
가끔은 속도에 밀려 엉켰던 다리
떨어지려 하지 않는 살을 풀고서야 허물어진 가죽 다리
살 냄새 풍기며 꿈틀거리고 있다

나비 떼

이른 아침부터 월남 마트에서
떡볶이와 부침개를 뒤집는다

떼를 지어
밤으로 밤으로 밀려든 보트피플
거대한 초원GRAND PRAIRIE에 닻을 내린 지 사십여 년
수도 없는 부침浮沈에도 산뜻하게 말려낸 젖은 옷들

설맞이 장이 서고
풍악은 울리고
청홍사자의 긴 꼬리를 따라
온종일 날아들어 무리가 되고
꽃씨 하나씩은 품고 온 가슴들은
스스로 꽃이 되고 나비가 되었다

얼쑤,
봄이 왔다

세월이란 거

객쩍은 소리 하며 한잔하고 들어와보니
빼꼼이 열려 있는 문틈 사이로
텀벙 잠에 빠진 그가 보이데요
세월이란 거, 그거
머리에서 발끝까지
모질게 흔들고 간 태풍 같았어요
생뚱맞게 그런 생각이 들더라고요
머리맡에 서서 숭숭한 머리카락을 보고 있는데
갑자기 휙 돌아누우면서 몸을 가재처럼 웅크리데요
가슴이 쿵 하고 내려앉더라고요
큰아들 백일 사진 품고
역마살을 쌍으로 가진 마누라 찾아
달라스 공항에 내릴 때는
햇볕에 잘 익어가던 탱탱한 빨간 사과였는데
그 모습은 간데없고
나무에서 내쳐져 구석에서 시들어가는
쪼글쪼글해진 벌레 먹은 사과가 심한 폭우에
몸을 숨기려고 이불 틈에 끼어 있었어요
가슴이 마구 저리데요
자세히 보니 검은 꽃이 피기 시작하더라고요

머지않아 상실해버릴 거라고 생각하니
막 안아주고 싶데요
세월이란 거, 그거
사람을 가마솥에 끓이다가 엿처럼 졸이다가
결국엔 작은 점으로 만드는 마술인가 봐요
눈물이 나데요

불륜의 밤 1

처음엔 그저
살짝 흔들렸을 뿐인데
잠깐 엿보려 했는데

바람은 점점 세게 흔들어댔다
세상의 모든 것들을 날려버리려는지
삶의 지문들, 털어내려는 듯

폭음을 내면서
마음은 덩달아 달아오르고
비는 그렇게 꽃잎을 적셨고
나무들의 옷을 벗기기 시작하고
어수선한 상념들은 잘려나갔다

온 세상이 뒤집혀서
둥둥 떠 있을 만큼 물이 넘쳐도
홀로 불붙는 갈증, 그건 화려했다

쌀 씻는 소리에 깨어버린 아침
온 세상은 앙큼스럽게도

얼룩 한 점 없이
눈 시리도록 맑게 웃고 있었다

들떠 있는 봄 흙 위에
그저 꽃 몇 송이 바람에
울음보를 티트렸을 뿐

불륜의 밤 2

풀어놓았던 실을 감듯
태양은 손 재봉을 돌려
탄력을 잃은 오후의 빛을 감고 있다

회색 호청을 펼쳐논 하늘
군데군데 시침질을 마친 굵은 빗방울
천천히 박음질을 시작한다

그 틈을 타고
은근슬쩍 고개 디밀어보는 바람
얼렁뚱땅 속마음 내보이며 치근거린다
꼬집어도 보고
와락 끌어안아도 보고
입맞춤도 하려 든다

불호령에 고함까지 질러대는 하늘
못 들은 척 안 들리는 척, 바람은
낙숫물에 패인 추녀 밑을 건너
흥건해진 뒷마당 가슴팍을 쓸고
헛기침하며 뒷산으로 줄행랑을 치고

하, 아침이면

작은 입술 하나 겨우 열린

달맞이꽃

아침햇살에 수줍겠다

바람의 씨앗

사내는
여인의 자궁 속에 가득 찼던 신비가
이제는 부서져 내리는 소리라 했다

한 걸음 한 걸음 주름 접으며 조여드는 세월은
질척질척한 그리움만 곧추세울 뿐
고독의 무게를 덜어내지 못한다 했다

더딘 소리로 낡아진 호흡이지만
그래도 그 소리는
놓칠 수 없는 바람과 내통을 거는 불씨여서
은근한 소리가 날아와 발리도록
남은 힘 다해 모은 촉수燭數로 잠망경을 내거는 욕망

숨통을 터야 한다고
바람 속을 누비다 맺힌 데가 뚫렸는지
헐렁해진 몸 풀어진 눈매로 돌아와 자리를 펴지만
사내는 아직 팔랑개비를 돌리며
바람의 불씨를 살리고 있다

못된 것에 대하여

무더기로 올라온 상추를 솎아낸다
연한 상추 틈에 기세등등 잎을 밀어 올려
터를 잡은 민들레
뽑히지 않으려 안간힘이다

못된 것은 저렇듯
잔뿌리 비비고 질기게 올라오는 것
잘못 디딘 틈새기에
버티는 게 다인 것

길게 뻗어 올린 바람 담은 꽃대
피멍으로 굵어진 발목, 그 버팅김마저
심심한 밥상에 진한 풋것이 된다

함부로 흩뿌려
자꾸만 영역을 넓히는 못된 그리움
허기진 꿈속까지 뻗어온 나일론처럼 질긴 뿌럭지
차라리
조심조심 다독여 품으면
내 지루한 일상에 쉼표가 되어줄까
마른 침상에 음보가 될까

새순

너무 커버려 볼품없다고
밑동까지 잘라낸 나무에서
새순이 나오고 있다

어두운 땅속에서
숨을 삼켜야 하는 설움
죽을힘으로 견디며
온 뿌리의 촉수를 세워
바닥을 쳤으리

톱날이 지나간 부름켜를 뚫고
간신히 햇살에 닿은 날숨
이거였다!
새끼손가락 작은 마디 하나의 잠망이
서로에게 그늘이 되어줄
눈망울들을 찾고 있다

틈

틈이 생기면 무너지는 줄만 알았다
그러나 틈은 안에서
무엇인가를 받아들이고 있다는 것을
가슴속 된바람 소리로 알게 되었다

틈은 깨어져 벌어진 것이 아니라
그냥 열리는 방이어서
생각도 머물 수 있고
한숨도 부려놓을 수 있는
보이지 않는 곳까지 다 내어주는
숨통이라는 것을 알았다

그곳에서는
나를 떠나 살던 나와 만나 촛불을 켜고
아직 도라지꽃을 들고 서 있는
까까머리 그 아이도 만나고

그래서 틈은
숨이 막혀 생긴 생채기가 아니라

그곳에 사는 것

저마다 꽃이 되게 한다는 것을 알았다

알고 보니

그저 곁눈질했던 건데

빛이 나를 향하고 있었어요
눈이 부셔 잠깐
눈을 감았다가 떴을 뿐인데
눈 속에 점 하나가 박혀 있데요

한동안 점으로 남은 것이
무엇인지 몰랐어요. 근데
허락도 없이 심장에까지
파고들었어요

보여서 보는 줄 알았는데
보고 싶은 것만 보고 있었나 봐요
내가 보는 모든 것이
그랑 닮았어요

알고 보니
그의 눈으로 세상을 보고 있었어요
내 생은

바람에게

너처럼 놀고 싶네. 이제라도
서성이다 돌아서는 오늘은 아쉬워 말고
터덜거리며 질주하는 차에서 내려
길을 잃어도 좋으니 그저 잠시라도
꽃그늘에서 쉬고 싶네
너처럼 알몸 되어
내 젊었던 언저리 돌며 가슴 두근거리면
잠든 나를 흔들어 깨워
훅 입김 불어 심장 쿵쿵 뛰거들랑
이 봄
나를 따라오느라 지친
실의와 좌절의 편린들도 쉬게 하고
너처럼 사랑 분분紛紛 흩날리며
꽃비 내리는 나무 그늘에서
환장하게 놀고 싶네
흐드러지게 피고 싶네. 더 늦기 전에

제4부

섬

내 안에 섬이 있다

매일 함께 있어도 낯설고
보고 있어도 보이지 않는
죽을 듯이 소리쳐도 표정 없는

그 섬은
먼 곳만 보며 조리개를 맞추고
귀도 입도
메아리도 없다

달려가면
닿을 것만 같은데 막상
달려가면 언제나
바람 숭숭한 꼭지만 보이고
돌아앉는

나는 그 섬에 갇혀
숲만 무성한 또 하나 섬이다

파꽃

겨우내
서걱서걱 살얼음 물리어도
텃밭에 앉아
푸름을 놓지 않았네
뿌리보다 더 튼실한 기둥을 세우느라
비워낸 속은
꺾이지 않은 그녀의 모진 세월
꽃 한 송이 올렸네
하얗게 쪽찐 머리,
내 어머니
오월 볕에 앉아 있네
텃밭에 앉아 있네

뒤란에서

콘크리트 바닥 위에 시멘트 포대를 깔고
울 엄마 고추를 널고 있다
한 줌 햇살에도 말라 부서질 것 같은 등이지만
여전히 쑥스러워 어쩔 줄 모르며
발그레진 얼굴로 성난 고추를 달래고 있다

쪼르르 딸 넷 보고 얻은 장손을 어르듯
밭고랑에 묻어둔 이름을 부르듯
두런두런 오십을 갓 넘기고 혼자되어
끝도 없이 영글어오는 허기를
매운 날들을 말리며 졸아든 심장은
고추씨처럼 말라붙었으리라

울 엄마 가을볕처럼 기울어가고
저승꽃 핀 손이라도 닿는 자리마다
고추씨 울리며 몸을 뒤집어
소맷자락 끌어당기는 마른 고추들
담장 밑에 숨어
덩달아 얼굴 붉히는 맨드라미 꽃
따스한 늦가을 오후

첫 이불

한 숨 한 숨 꽃잎을 꿴다

탯줄 끊겨
홀로 허우적대던 팔다리 감싸 안아
맘 놓고 배냇짓할 수 있던
내 아기의 첫 이불

바쁜 어미 대신
눈물 콧물 받아주어
누렇게 변색된 귀퉁이는
물리고 빨려 다 닳아버렸다

이십 년 세월을 여직
아이 곁을 맴돌다가 이제는
사내 냄새 쩌든 채
볼기짝만 하게 줄어지고
닳아 뭉그러진 속살까지 드러내는데
어미는
실밥 터진 묵은 자리에
웬 눈물 꽃이 새롭게 피어나는지 모르겠다고

애꿎은 안경만 타박하며
한 땀 한 땀 꽃잎을 채우고 있다

접목接木

쉰아홉 번째 생일에
배달되어온 꽃바구니만큼 환해진 얼굴
피식피식 피어오르는 때아닌 홍조가
한숨에 막 접붙이기를 시작한다

자상으로 맞닿은 부름켜
서로에게서 나온 진한 진물이
봉합선을 메우며
새로운 나이테를 만든다

반평생을 다른 언덕에서 살아낸 다른 나무 둘
한 생애는 깊이로
나머지 한생은 높이로
올곧은 한 그루 나무로 선다

어떤 꽃으로 피어
어떤 향을 길러낼까
벌써부터 봄이 기다려진다

틀어진 물꼬

밤마다 목이 아프다
돌아누울 때마다 손이 먼저 알아채고
몸을 돌려놓는다
막막함이 어긋난 길 되돌리려
어금니를 물었다 그 무서운 안간힘이
목을 굳히고
온몸의 관절을 뒤틀고 말았다
눈물 난다

한때는
소름 돋는 말다툼도 투정처럼 정겹게 삼켜
아귀 잘 맞는 어금니 같던 그가
암호 하나 걸어놓고 서늘하게 돌아섰다

장마 때나 가뭄에 돌려놓는 물꼬에는
배려가 있다
뼈 없는 지렁이 거머리 진흙탕에 뒹굴다
옛일 챙겨 떠날 말미는 준다

마른 물줄기

갈라진 틈새로 굴러든 자갈
질경이 풀씨 하나둘 터를 잡으면
뜨거운 가슴 오가는 길이 된다

피눈물로 짓무른 목젖
한숨마저 들이키면 솔아 붙게 되리라
딱지진 목구멍으로 거친 밥알 삼키면
여린 살 단단해지리라
설렘과 골똘함의 물꼬 다시 트리라

그녀의 독백

더운물에 시래기를 담근다
장다리 꽃대 하나 품어보지 못하고
발목 잘릴 땐 몰랐으리라
질긴 힘줄까지 물기를 버려야만
끓어오를 수 있다는 걸

언 빨래처럼 빈 가지에 매달려
가슴팍에 못질할 때는
따스한 부뚜막에 뉘어져
마른 몸뚱이 부서질까 조바심 날 때는
몰랐으리라. 끓어넘쳐야 불이 꺼진다는 걸

새끼줄로 동여맸던 아집을 풀어헤치고
녹은 몸 위에 더운 숨결 차오를 때
그대 가슴에 딱 한 그릇으로 족한
추억으로 남는다는 것을

어디까지 말려야 다시 한 번 끓어오를 수 있을까

내 나이 오십, 밑동만 남은

일찍이 내린 무서리에 짓이겨져
뭉그러진 채 말라버린 이파리
빗장 걸어둔 헛간 열어젖히면
몸 풀어 자맥질 한 번 할 수 있을까

뜨건 숨 몰아쉬고 싶다
내 심장이 멈춰도 좋을 만큼

풍장

좋은 날에
그 누군가를 위해 포장되었던
꽃들의 풍장을 본다

몸과 마음을 거꾸로 매달아
날마다 조금씩 몸을 말리다
두 겹 세 겹 쌍꺼풀진 눈
젖은 입술들을 다문 채
달빛 익히던 소리도
제 향기도 기억하지 못하게
통째로 증발하고야
영생을 얻는다는 걸 아나 보다

수의까지 마무리 지은 골무 하나
구십 년을 걸어온 행로
배내옷 지으며 흘린 기쁨
꼼꼼히 수놓은 인연까지 뜯어내고
기억의 회로를 빠져나와
마른 꽃처럼 저물어야
사각 반짇고리 문을 열고

누군가의 가슴에 오래 꽂히리란 걸 아나 보다

그녀에게선 아직
아기똥풀 냄새가 난다

영정사진

사내는
늦은 밤 책상처럼 앉아 부적을 쓰고 있습니다

늦가을 들녘에 마른 수수깡 하나 세워놓고
관상을 보고, 점괘에 따라 또닥또닥
진 다 빠진 세월의 기억을 맞춰도 보고
벌레 먹은 마른 졸참나무 이파리 위에
이승에서의 마지막 장章을 적어봅니다

빨간 밑줄도 치고 별표도 그리며
구십 년을 뱉어낸 한숨을 퇴고합니다
무너진 눈두덩 위에서 굳어버린 송진을
눈물로 지웁니다

그리움을 삼킬 때마다 튀어나온 목울대
기다림에 지쳐 기운을 잃은 지 오래라고
세찬 바람에야 흔들렸을 바짓가랑이
미풍에도 올라오는 울렁증을
묵은 삭정이가 간신히 움켜쥐고 있다고
사내는

그로 인해 생겼을 미간의 깊은 근심 하나
더는 필요 없는 눈물주머니에 채워 넣으며
내일이면 저승사자인 양 고향으로
품고 가야 할 영정사진 위에
환한 미소 한 장 박아놓습니다
다시 올 생애를 위해 부적 한 장 꽂습니다

어머니의 7월

유난히 노을이 아름답던 날
배웅도 없이 아버지 보내시고
수없이 뒤집히고 허둥대던 세월과 씨름하다
할머니 된 어머니
내 어머니에게도 그리움이 있다는 걸
이제야 알게 되었습니다

믿음 없이 길 떠나신 아버지 행여 못 만날까
손자 손잡고 예배당도 못 가시는 어머니
오늘은 거울 앞에 앉아 하얀 머리에
검은 염색을 하십니다

여름밤의 시든 꽃잎처럼 숨 막히는 현실
꿈속까지 자리 잡은 고독과 싸워야 했을 어머니
남기고 간 자식들 옆에 차례대로 손자들 세워놓고
맑은 술 한 잔 올리시는
삭정이 같은 어머니의 흔들리는 손마디
가슴이 저립니다

그믐날 밤, 비는 오는데

산 넘고 바다 건너오시려나
지방紙榜을 태우고 마루 한쪽에 앉아
먼 산 바라보는 어머니의 둥근 등은 외로움입니다

허물어진 어머니의 두 눈처럼
7월의 밤은 향에 젖습니다

어머니

제가 처음 태어났을 때
세상엔 당신밖에 없었겠지요, 어머니

등에 업혀 잠이 들고 눈을 뜨면
두려움도 아픔도 없는
그저 환하기만 한 모든 것이었겠지요

처음 어머니라 부르던 날
제 가슴은 두근두근
세상을 온통 차지한 것 같아
진정한 아들이 되어
이제부턴 당신의 세상이 되리라 다짐도 하였지요

아흔 해 동안, 어머니
짧아져만 오던 당신의 가슴속 된바람 소리가
이제야 들립니다
외로움을 혼자 지키시느라
늘어져버린 눈물주머니가 이제야 보입니다

발걸음도 이제는 끌려오는 소리

미소는 지쳐 차라리 나의 슬픔이 되고 있지만
물리도록 들었던 머리맡의 기도 소리 그리워지기 전에
무릎 꿇고 기도하는 법을 배우렵니다

한 세기를 살아오신 우뚝 선 나무
세상 반쯤은 거느리고도 남는 넉넉한 품이신 당신은
여전히 제가 편안히 쉴 수 있는 유일한 곳입니다

어릴 적 그 사월처럼 지금
하늘에서는 꽃비가 내리고 있습니다
오늘, 당신이 계셔서 내리는 이 꽃비는
속까지 촉촉이 젖어듭니다

감사합니다 어머니
사랑합니다 어머니

고향

저 멀리 기다란 미루나무 뒤
작은 굴뚝에서
실연기 피어오르면
붉은 노을 머리에 이고
발걸음 재촉하던 여인
땀에 젖은 무명옷 벗어놓고
찬밥 한 덩이
물 말아 새우젓 얹어 먹고
여물 가마솥에 불을 지피네

시원한 샘물 바가지로 퍼
등목하고 돌아누우면
불 꺼진 창틀 사이로 기웃거리는 달빛
아, 스며 나오는 긴 한숨

고달픔과 그리움의 하루는
소쩍새 노래로 잠재우고
베개 밑에 꿈은 깊어만 가네

재잘대며 동무들과 산나물 캐러가고

묻어둔 정담 찾아 밤새 뒤척이면
꿈은 이슬 되고 꽃송이도 되어
또 다른 아침 향기 되어 피어나리

서성대던 샛별도 스러지고
저 멀리 닭 우는 소리
새벽을 깨우네

달맞이꽃

향기 없어
아무도 찾지 않는 꽃이라 해도 좋아
송진내 퍼져나가는 숲 언저리면 더욱 좋아
이슬 내리고
풀벌레 찾아오고
밤이 깊을수록 짙어지는 고요
그 속에
흰 달그림자로 피면 되지

인지仁地에서

장군산 밑으로
어릴 적 나뭇잎 배 띄우며 놀던
작은 개천 이끼 낀 채 흐르고
인적 없는 길 가 미루나무 위
빈 까치집 하나 바람에 흔들린다

쭉 뻗은 4차선 아스팔트 밑으로
허물어져버린 파란색 함석집
사십여 년 된 추억은 둥지 잃고 헤맨다

초라하게 제자리 지키며
움츠리고 앉아 있는 창고
이민 길에 오르지 못한
손때 묻은 장독들만 끌어안은 채
낡은 함석문은 녹슨 자물쇠만 물고

맑아서 깨질 것 같은 파란 하늘은
여전히 찾아오는 세월
돌려보내지 못하고
풍성한 감나무 대추나무 지키고 있다

뒤깐 허문 자리엔
호박씨 하나 자리 잡아 늙은 호박이
반쯤 잘린 향나무 타고 말라 가고

뒷집 욕쟁이 할머니
꼬리 치며 따르던 누렁이 두고
길 떠나신 지 몇 년째

주인 떠난 빈집
마루 밑에 짝 잃은 헌 고무신만 뒹굴고
눈치 없는 쥐들만
풀숲이 된 뜰 안을 가로지른다

어떤 풍경

왼종일 도리질하던 해
가로등 위에 온기를 남기고 떠나면
외길 갓집 외등이 켜지고
마음이 가난한 사람들 나앉아
잔을 들어
설움, 외로움을 길어낸다

깁고 기워 누더기 된 마음
잔이 넘치게 담아 비우고 나면
어느새 너는 내가 되고
내 아픔은 네 것이 되고

헐렁했던 마음에
넘치는 정 덜어주고
무거웠던 웃옷 어깨에 걸쳐 멘 채
턱 없는 문지방을 넘어가면
훈훈해진 외진 골목에
새벽별이 내린다

디아스포라 속 다문화 공동체를 향한 낭만적 지향성

— 김미희의 시 세계

이병철(시인·평론가)

　시인은 세상의 모든 소외와 고독의 양상들을 주워 모아 아름다움으로 탈바꿈시키는 자다. 남들의 눈길이 닿지 않는 것을 향해 끊임없이 눈을 돌리는 자, 버려진 풍경들을 수집해 빛나는 이미지로 바꿔내는 자가 시인이다. 시인의 이러한 유사 연금술 행위는 일상과 떨어진 곳에서 독야청청 이루어지는 것이 아니라 삶이라는 바닥에 낮게 엎드려 밀착할 때 더욱 순도 높은 결과물을 만들어내는 법이다. 시인은 자신의 생은 물론 타자의 삶, 나아가 인간 실존의 보편적 문제들까지 사유와 언어의 민감한 촉수를 들이댈 수 있어야 한다.

　뜬금없는 얘기 같지만, 시인과 수선공은 여러모로 닮았다. 수선공이 천 조각을 이어 붙여 조각보를 만드는 것처럼 시인도 생의 조각들, 파편적인 찰나의 순간을 포착해 시적

이미지로 바느질한다. 자기 자신과 타인 삶의 찢어지고 구멍
난 상처들을 꿰매고, 구겨지거나 퇴색한 존재들, 먼지 쌓이
고 얼룩진 기억들에 새로운 의미와 생명력을 부여한다. 기술
적인 면을 보더라도 솜씨 좋은 수선공이 옷에 꿰맨 자국을 남
기지 않듯 좋은 시인은 문장과 문장, 이미지와 이미지, 이미
지와 의미를 접합한 흔적을 독자에게 함부로 들키지 않는다.

김미희의 시를 읽으면 솜씨 좋은 수선공의 날렵한 손이 보
인다. 작업등 아래 바늘 끝을 응시하는 날카로운 시선이 느
껴진다. 그러면서도 옷 입을 사람의 사정을 생각하는 마음이
다림질 온기처럼 전해져온다. 실제로 김미희 시인은 미국 달
라스에서 수선집을 운영하고 있다. 그녀의 시에는 미국 이민
사회를 살아가는 외로움과 페이소스, 아시아계와 히스패닉
등 자신과 비슷한 처지의 이방인들이 겪는 삶의 애환이 조각
보로 엮여져 있다.

시인은 원래 외로움을 거처 삼는 자인데, 고향과 멀리 떨
어진 미국 이민 사회는 김미희 시인에게 절해고도나 마찬가
지일 것이다. 그 외로움과 향수의 자리에서 시인이 응시하
고 있는 생의 풍경들은 어떤 모습을 하고 있는지, 시인은 고
독과 그리움을 어떻게 눈부신 시로 바꿔내고 있는지 살펴보
도록 하자.

하루하루를
미싱 바늘로 찍어 넘기는 그녀
초침보다 천 배가 넘는 속도로 시간을 꿰매는 그녀

한 남자가 끌던 수레의 손잡이를 건네받으며
온몸을 녹여 울던 그녀
재봉틀도 숨을 멈추고
흔들리는 그녀의 등만 바라보았다

이젠
상처 때문에 찾아든 옷가지들
기워주고 털어주며 스스로를 꿰매고
길어진 상념은 거침없는 가위질로 잘라
구겨진 마음과 함께 퍽퍽 스팀다리미로 펼쳐내며
고른 이로 웃는 걸 잊지 않는다

오늘도 누군가의 힘 빠진 외투에
잔뜩 기운을 불어넣어
억새꽃들로 깃을 세운 하루를 손질해놓고
푸석푸석 어둠이 내리는 골목길을 향해
발틀을 밟아대기 시작한다

—「수선집 그녀 1」 전문

의류 세탁 및 수선은 한국인 이민자들이 미국에서 가장 많이 종사하는 업종이다. 영어를 잘 못하더라도 고객 응대가 어렵지 않으며, 초기 비용이 적게 들어가기 때문에 이민 1세대들에게 특히 선호되었다. 대도시의 경우 전체 한인 이민자 중 70퍼센트 정도가 옷 수선을 겸한 세탁소를 운영한다고 하니,

김미희 시인의 '수선집'은 한인 이민자들의 치열한 일상과 타지 생활의 페이소스가 깃든 장소로서 보편 공감을 확보한다. 김미희 시인은 스스로를 '수선집 그녀'로 명명하며 자기 자신을 비롯한 한인 이민자들의 정체성, 즉 이방인이자 생활인이라는 존재 의식을 시에 담아낸다. 개인적인 감상에서부터 집단적인 정서까지 아우르며 이민 생활의 고단함과 외로움을 효과적으로 형상화해 내고 있다.

"하루하루를/ 미싱 바늘로 찍어 넘기는" 일상은 단조롭고 지루하다. 그러나 "초침보다 천 배가 넘는 속도로 시간을 꿰매"야 하기에 쉴 새 없이 분주하다. 이 권태로운 반복 노동은 사람과 미싱의 구분을 무화시켜 화자로 하여금 자신이 마치 기계가 된 것 같은 데서 오는 회의감과 우울감을 일으키기도 했으리라. "한 남자가 끌던 수레의 손잡이를 건네받"았다는 고백은 아마도 아버지로부터 수선집 운영을 이어받았음을 의미하는 것으로 보인다. 처음 수선 일을 시작할 때 "온몸을 녹여 울던 그녀"는 세월이 지나 "이젠/ 상처 때문에 찾아든 옷가지들/ 기워주고/ ……/ 구겨진 마음과 함께 퍽퍽 스팀다리미로 펼쳐내며/ 고른 이로 웃는 걸 잊지 않는" 숙련자가 되었다. 단순히 옷의 상처와 주름만 수선하는 것이 아니라 "오늘도 누군가의 힘 빠진 외투에/ 잔뜩 기운을 불어넣어"주는 공감과 위로의 능력까지 겸비하게 된 것이다. 이는 '수선집 그녀'가 외로움과 고된 노동을 견디며 이민 사회에 적응해나가는 일종의 개인적 성장기이지만, '수선집'은 한인 이민자 공통의 애환으로 함의되는 연대와 유대, 동일성의 공간이므로

이 시는 한인 이민 1세대, 2세대가 미국 사회에 정착하는 과
정을 보편적으로 설득한다고 할 수 있다.

부러진 바늘을 갈아 끼우면서도
꽉 쥐고 있던 나사를 풀면서도
뜯어낸 실 터럭 같은 머리카락을 쓸어 모으고 있을 그녀

부러진다는 건 흔들릴 줄 몰라서라고
하찮은 것에도 힘이 들어가서라고
벌을 서듯 너무 꼿꼿해서라고
귀인지 입인지도 모르면서도
뾰족한 바늘 끝, 그 숨구멍에 마른침 발라 실 끝을 밀어
넣으며
들숨과 날숨을 발끝으로 조절하던 그녀

휘어서는 한 걸음도 갈 수 없다고
날을 세워야만 산다고
혈관을 뽑듯 실을 뽑아 올리며 손끝으로 말하는,
가끔은 매듭을 만나
바늘구멍을 뚫지 못한 부러진 바늘로 보인다 해도
다시 꽂혀 싱싱하게 돌아가는 수선집에는
항상 그녀가 있다
　　　　　　　　　　　　　　　—「수선집 그녀 2」전문

이민자들이 미국 대도시 사회에 정착하기란 결코 쉬운 일이 아니다. 차별과 냉대, 소외의 설움은 물론이고, 한국인도 미국인도 아니라는 이중 자아의 해리감이 자기존재를 고독과 외로움의 자리로 고립시켰을 것이다. 이방인이 기성 사회로 진입하는 일은 바늘구멍을 통과하는 것만큼 수월하지 않은데, '수선집 그녀'에게는 바늘이 미국 사회 정착과 생계의 수단이므로 바늘구멍은 곧 '숨구멍'이나 마찬가지다. 바늘로 옷을 꿰매는 일은 곧 "들숨과 날숨"이며, "바늘구멍을 뚫"기 위한 몸짓이다. '수선집 그녀'는 "휘어서는 한 걸음도 갈 수 없다고" 스스로 약해지는 것을 경계하면서, "날을 세워야만 산다"는 처연한 깨달음을 체득한다.

김미희는 '바늘구멍'이라는 기표가 지닌 보편적 기의와 알레고리를 적절히 활용해 기성 사회 장벽을 뚫고 들어가려는 이방인의 고투 양상을 사실적으로 묘사하고 있다. 이러한 김미희의 시적 작업은 자기 자신을 포함한 한인 이민자들만을 대상으로 이뤄지는 것이 아니라는 점에서 그 가치가 확대된다. 비슷한 어려움을 겪으며 미국 사회 진입을 시도하는 모든 이민자들을 향해 시선을 돌릴 때, '수선집 그녀'인 시인과 '스다께 씨', '신발 수선집 그 남자'는 이웃이라는 연대 단위로 묶이며 디아스포라 속 다문화 공동체를 형성한다.

이민 오십 년을 지내오는 동안
칼날을 세우며 살고 있는 스다께 씨
연장궤 위에 숫돌을 올려놓고

무디어진 가위 쌍날에 진검승부를 건다

육전陸戰의 뒷골목을 쏠고 온 이 빠진 날
온갖 풍문으로 서슬 퍼래진 날
헛된 욕망으로 탕진한 날
젊은 날, 그 날들을 갈아
절제된 손놀림으로 세워지는 서슬
한 치의 오차도 허락되지 않게 날을 핥는
검은 테 속의 매서운 눈은 언제나 시리다

무딘 것이 날을 세우는 일은
누군가를 다스리겠다는 것 아닌가
속내에 갈아 둔 날 행여 열릴라
아예 입 꽉 다물고
쌍날 세우는 소리로 만족해야 하는 침묵

이 날도 세운 한 날로
일상의 자투리 한쪽 받아 쥐며
굽신 절을 남기면 어떠랴
승부는 언제나 스다께 씨 손을 들어주고 있으니
　　　　　　　　　　　—「칼갈이 스다께 씨」 전문

　시에 나타난 바 '스다께 씨'는 미국에 온 지 50년이 된 일
본인 이민자다. '진검승부'라든가 '육전陸戰', '승부' 같은 단어

들이 사무라이를 환기시키지만 '스다께 씨'의 직업은 칼갈이
다. 시인은 이웃인 '칼갈이 스다께 씨'의 일상을 주의 깊게 들
여다보고, 그 외면적 양상은 물론 겉으로 드러나지 않는 내
밀한 사연들까지 시에 담아낸다. 「수선집 그녀 2」에서는 '바
늘구멍'의 보편 기의와 알레고리 간에 의미의 낙차를 활용한
반면, 위 시에서는 '날'의 동음이의어 효과를 사용하여 한 개
인으로서의 '스다께 씨'와 직업인으로서의 '칼갈이'를 교차 및
대조, 일치시키는 구성 원리를 보여주고 있다.

　"육전陸戰의 뒷골목을 쓸고 온 이 빠진 날", "온갖 풍문으로
서슬 퍼래진 날", "헛된 욕망으로 탕진한 날"은 '스다께 씨'의
과거를 암시한다. 유추하건대 '스다께 씨'는 미국으로 건너오
기 전, 일본에서 힘깨나 쓰던 야쿠자나 폭력배가 아니었을
까? 이민 생활은 과거의 '나'를 벗고 새로운 존재로 거듭나야
하는 환골탈태의 과정이기도 하다. 낯선 미국 사회에서 칼갈
이로 사는 '스다께 씨'는 "젊은 날"의 혈기와 아집을 잠재우고
성실한 직업인으로 변모한 것이다. "누군가를 다스리겠다는
것"은 곧 자기 자신을 향한 각오를 말한다. 그는 "속내에 갈
아둔 날 행여 열릴라/ 아예 입 꽉 다물고/ 쌍날 세우는 소리
로 만족해야 하는 침묵"으로 하루하루를 살아간다.

　그 침묵은 결코 비굴한 패배나 굴종이 아니다. 고객에게
"굽신 절을 남기"는 것은 자신과의 싸움, 생활이라는 전선에
서 이기는 방법이기 때문이다. "승부는 언제나 스다께 씨 손
을 들어주고 있"다는 시인의 진술이 이미 거기에 동의하고 있
다. 이 시는 '칼갈이 스다께 씨'라는 한 개인의 이야기만이 아

니다. '스다께 씨'는 차별, 소외, 무시, 냉대의 설움과 분노를
속으로 삭인 채 "절제된 손놀림"으로 살아가는 모든 이민자들
의 초상이다.

부채꼴 모양의 뒷문 없는 성
그는 등 돌리고 앉아 신발 굽을 뜯고 있다
잉카제국의 후예답게
허물어진 한 부족의 신을 일으키고 있다

밑창까지 내주고도 중심은 잃지 않으려 뒤축을 채운 나이테
삶의 궤적을 보며 떠올리리라
몇 겹의 국경을 넘어오던
고무 탄내 나던 그 밤을 기어코 찾고 말리라

거친 숨을 삼키며 떠올렸을 전사들의 말발굽 소리를
어디서든 삼천 개의 계단만 오르면
마추픽추 성에 닿으리라고 믿었던
들키고 싶지 않은 속내를 끌어안고
홀로 견뎌야 했을 허기진 수많은 밤을
기도하듯 지문도 없는 손으로 본드를 바르고 구두약을 바
르고
가끔은 테킬라로 삭혀낸 침을 뱉어 공들여 광을 낸다
밑바닥에서, 가장 낮은 곳에서 힘을 실어줄 길이 되어줄

신을 위하여

—「신발 수선집 그 남자」 전문

김미희 시인이 지향하는 디아스포라 속 다문화 공동체의 양상은 위의 시에서 더욱 잘 나타나고 있다. '신발 수선집 그 남자'는 페루에서 온 "잉카제국의 후예"다. 김미희는 잉카문명에 대한 상상력을 펼쳐내면서 '신발 수선집'을 "부채꼴 모양의 뒷문 없는 성"으로, '신발 굽 뜯기'를 "허물어진 한 부족의 신을 일으키"는 의식으로 묘사한다. 김미희의 남다른 언어감각과 실험적 태도는 이 시에서도 '신'이라는 동음이의어를 사용하여 의미의 낙차에서 발생하는 해석의 다양성과 상상력의 확장을 유발하고 있다. '신발 수선집 그 남자'에게 신God은 궁핍과 외로움을 벗겨주지도 못하는 신shoe, 즉 헌신짝처럼 무용한 존재다. 반면에 신shoe은 숭고한 밥벌이의 수단이므로 신God처럼 소중하다. 신God을 모시던 잉카의 후예, '신발 수선집 그 남자'는 이제 신shoe을 섬긴다.

김미희는 시적 대상을 면밀히 관찰하여 그 내부의 숨은 서사까지 파악하는 통찰력을 보여준다. '신발 수선집 그 남자'의 "삶의 궤적"을 추적하면서 "몇 겹의 국경을 넘어오던/ 고무 탄내 나던 그 밤"과 "들키고 싶지 않은 속내를 끌어안고/ 홀로 견뎌야 했을 허기진 수많은 밤"을 가늠해보는 것이다. 온갖 위험을 무릅쓰고 국경을 넘을 수 있던 것은, 또 추위와 허기를 견디며 도시의 뒷골목을 걸어 다닐 수 있던 것은 모두 신shoe이 있었기 때문이다. 남자는 자신을 미국까지 데려다

준 그 신shoe을 통해 이제 잉카가 아닌 자본 문명, 물신物
神 제국의 부족민이 되었다. 신발 수선이 곧 신앙이 되었으
므로 "기도하듯 지문도 없는 손으로 본드를 바르고 구두약을
바르"는 행위는 삶의 "밑바닥에서, 가장 낮은 곳에서 힘을 실
어줄 길이 되어줄 신을 위하"는 제의나 마찬가지인 것이다.

　자국 아닌 곳에서 자신들의 생활 관습과 전통을 유지하는
집단이나 거주지를 디아스포라라고 부르는데, 여러 문화권
의 이주자들이 밀집한 이민 사회를 다문화 디아스포라 사회
라고 할 수 있겠다. 디아스포라는 민족적 성격, 단일성과 동
질성이 강한 데 비해 다문화는 다양성과 배타성이 두드러진
다. 그러나 김미희는 다른 국적, 다른 문화권의 사람들을 모
두 '이민자'라는 대명제에 포함시키면서 다문화의 배타성을
거세시킨 통합의 디아스포라를 건설한다. 김미희의 시에 세
워진 이 '이민자 디아스포라' 안에서 '스다께 씨', '신발 수선
집 그 남자' 같은 각각의 이민자들은 "진검승부"라든가 "테킬
라" 등 고유한 자기네 정신과 문화양식을 유지한다. 김미희
는 이러한 전체 속의 개별, 개별들의 연대로서의 전체를 지
향한다. 이는 매우 유토피아적이고 또 낭만적이라고 할 만하
다. 김미희는 이 낭만적인 디아스포라 속 다문화 공동체를 '
인종들의 전시장'인 미국 사회의 한 대안이자 모범으로 제시
하고 있다.

　　꽃과 나무의 경계에서
　　수없이 뽑히고 잘리고 밟혀

너의 그 비릿한 가난이 비록

그 누군가의 풍요에는 미치지 못한다 해도

조용히 일어서는 너만의 세월

슬몃슬몃 세상의 눈치를 본다지만

결코 경박스럽지 않은 웃음

그 작은 숨소리에 맞추어

계절이 익어가는 줄도 모른 채

오늘도 맨발로 발가락에 힘주어

터를 넓혀가는 디아스포라

그 꿈의 집요를 본다

—「풀」 전문

앞서 인용한 시들이 이민 생활의 구체적 장면을 밀착 묘사한 것과는 다르게 「풀」은 추상적이고 은유적인 이미지로 시인이 지향하는 낭만적 디아스포라를 그려내고 있다. '경계'는 어디에도 속하지 않는 곳이므로 "꽃과 나무의 경계에서/ 수없이 뽑히고 잘리고 밟"히는 '풀'은 곧 이민자들의 메타포가 된다. "오늘도 맨발로 발가락에 힘주어/ 터를 넓혀가는 디아스포라"라는 문장에서는 진취적이고 역동적인 힘이 느껴진다. 김미희는 낯설고 척박한 환경 속에서도 "너만의 세월"로 수렴되는 자국의 고유한 민족성과 문화를 지켜나가며 '아메리칸 드림'이라는 "꿈의 집요"를 움켜쥐는 억센 생활력, 적응력을 이민자들의 정체성이자 기율로 제시하고 있다. 김수영의 「풀」이—물론 시인의 의도와는 전혀 무관하게 시대의 사

후적 해석에 의한 것이지만—'민중'을 상징한다면 김미희의
「풀」은 '이민자'들의 표상이다. 디아스포라를 꽃도 나무도 아
니면서, 짓밟히고 뽑히면서도 "작은 숨소리"로 "터를 넓혀가
는" '풀'의 이미지로 해석해낸 것은 새롭기도 하거니와 매우
적절한 은유라고 할 수 있겠다.

> 이른 아침부터 월남 마트에서
> 떡볶이와 부침개를 뒤집는다
>
> 떼를 지어
> 밤으로 밤으로 밀려든 보트피플
> 거대한 초원GRAND PRAIRIE에 닻을 내린 지 사십여 년
> 수도 없는 부침浮沈에도 산뜻하게 말려낸 젖은 옷들
>
> 설맞이 장이 서고
> 풍악은 울리고
> 청홍사자의 긴 꼬리를 따라
> 온종일 날아들어 무리가 되고
> 꽃씨 하나씩은 품고 온 가슴들은
> 스스로 꽃이 되고 나비가 되었다
>
> 얼쑤,
> 봄이 왔다
>
> —「나비 떼」 전문

김미희가 제시한 건강하고 생명력 넘치는 역동적 디아스
포라는 위의 시 「나비 떼」에 와서 다시 한 번 다문화 공동체
의 양상으로 나타난다. 이 시에 묘사된 "월남 마트"의 풍경이
야말로 김미희가 지향하는 디아스포라의 이상향일 것이다.
앞에서 밝힌 바 김미희는 한인 사회를 비롯한 각각의 디아
스포라가 '풀'처럼 약동하면서 터를 넓혀가는 것을 경쟁이나
대립, 반목이 아닌 화합과 연대의 관점으로 바라보고 있다.

"월남 마트"는 베트남 식료품점이다. 이 월남 마트에서 시
인은 "떡볶이와 부침개를 뒤집는"다. 베트남 상점에서 한국
음식을 만든다는 게 의아하다. 생소하고 이색적인 풍경이 아
닐 수 없다. 그런데 이 의아함은 곧 해소된다. 베트남의 설
명절을 맞아 베트남 사람들과 함께 한인 이민자들이 장을 연
것이다. '풍악' 속에 "청홍사자의 긴 꼬리"와 "떡볶이와 부침
개"가 있는 "설맞이 장"은 각각의 디아스포라가 지닌 고유한
문화들이 서로 어우러지는 다문화 축제의 장이 된다. 시인은
흥겨워하는 베트남 사람들의 모습에서 "얼쑤, / 봄이 왔다"며
새로운 희망을 예감하는데, "떼를 지어/ 밤으로 밤으로 밀려
든 보트피플"들이 겪은 사십여 년의 '부침'을 마음 깊이 공감
할 때 '봄'의 예감은 진정성과 감동을 획득한다. 시인은 분단
과 동족상잔의 비슷한 아픔을 겪은 베트남 사람들에게서 어
떤 유대감을 느꼈는지도 모른다. 월남전 참전국의 죄책감과
미안함으로 그들을 바라보았을 수도 있다.

사십여 년 전의 베트남 보트피플들은 이제 미국 사회에서
자신들만의 디아스포라를 공고히 하며 "스스로 꽃이 되고 나

비가 되었"다. "수도 없는 부침浮沈에도 산뜻하게 말려낸 젖은 옷들"이라는 문장은 그 고난과 역경 극복의 세월을 함축한다. 그 '부침'은 한인 이민자들에게도 동일하게 적용되었으므로, 베트남인들과 한국인들은 역사적 유사성을 차치하고서라도 이방인의 아픔을 함께 겪은 동지이다. 베트남 디아스포라와 한국 디아스포라가 서로의 문화를 공유하며 하나로 어우러지는, 그들의 '봄'이 곧 우리의 '봄'인 듯 기뻐하고 춤추는 "월남 마트"는 디아스포라 속 다문화 공동체의 이상적 모델이다.

이처럼 이민 사회의 일상적 풍경에서 인간 보편의 가치와 의미를 발견해내고, 그것들을 모아 한 편의 시로 직조해내는 김미희의 방법론은 그녀가 '수선집 그녀'와 시인이라는 두 실존적 자의식을 교차시키며 휴머니스트로의 향존성을 유지하려 할 때 비로소 완성된다. 김미희에게 '수선집 그녀'의 삶은 시인의 제련 과정으로서 일상적 소재와 이미지, 구체적 체험의 진정성을 획득하는 수집의 장이다. 반면 시인으로서의 삶은 '수선집 그녀'의 연장선에서 이 세계의 찢어지고 마모된 고통과 슬픔, 소외와 편견의 양상들을 수선하고 치유하는 여정인 셈이다.

끌고 가는 힘과 살짝 뜨는 재주
이것이 구부러진 바늘의 힘이다

치맛단을 친다는 건

보이지 않는 마무리다

구부정한 등줄기로

눈치껏 색깔 맞춰

삼십 년 세월을 박았다

닿을 듯 닿은 듯 발 디디며

잡은 듯 잡힐 듯 건너온 길

그 길이 울까 봐

올이 튈까 봐 다독이느라

반듯하게 접으면서 가느라

어느새

청춘까지 접고 말았다

안으로만 향해야 했던 바늘 끝

구부러진다는 것은

가슴에 붉은 노을 하나 키우는 일이다

―「구부러진 힘―동행 15」 전문

"끌고 가는 힘과 살짝 뜨는 재주"를 김미희는 "바늘의 힘"
이라고 했지만 사실 '시의 힘'을 염두에 두고 한 표현일 것이
다. 서사와 메시지를 끌고 가는 힘, 이미지를 뜨는 재주야말
로 좋은 시의 미덕이기 때문이다. "구부정한 등줄기로/ 눈치
껏 색깔 맞춰/ 삼십 년 세월을 박"는 수선공에게서 자꾸만 시
인의 뒷모습이 보이는 것은 결코 우연이 아니다. "안으로만

향해야 했던 바늘 끝"이 결국은 자기 내면에 자극과 충격을 주기 위해 세계 쪽으로 뻗었던 정신의 촉수였음을 안 순간, 김미희는 '수선집 그녀'로 살았던 삶이 실은 시인의 완성을 위한 내적 고투였음을, 옷 수선이야말로 진정한 메타시임을 더불어 깨닫게 된 것이다.

　김미희의 시에는 이민 사회의 외로움을 견디며 디아스포라를 유지하려는 사람들의 건강한 생활력이 있다. 그 자신 이방인으로서 차별과 소외의 설움을 잘 알기에 다른 민족, 다른 인종 이민자들과 유대하면서 그들의 타자성을 '우리의 다양성'으로 수용하는 긍정적 세계 인식이 있다. 김미희의 시가 제시하는 디아스포라 속 다문화 공동체의 이상은 비단 미국 사회에만 필요한 것이 아니다. 다문화, 고령화, 세대 및 계층 갈등의 한국 사회는 개인마다 개별의 폐쇄적 디아스포라를 구축해 연대와 유대의 가능성을 점차 거세시켜 가는 중이다. 김미희 시인의 다음 작품들이 더욱 기다려지는 것은, 그녀가 한국과 공통된 미국 이민 사회의 다양한 면면들을 통시하여, 가장 어두운 곳에 시의 알전구를 매달아주면, 이곳 한국 사회에도 휴머니즘과 로맨티시즘의 환한 온기가 전해지리라는 무구한 기대 때문이다.